作風叢書第一四六篇

歌集 夕茜空

高橋協子

現代短歌社

目次

I

Ⅱ

Ⅲ

Ⅳ

V

夕茜空

I

うぐひす

木立よりほーけちよところのして再びけちよちよ耳こそばゆし

うぐひすは良きさへづりを学《まね》ぶといふ汝の父御《ちちご》はもてたであらう

万葉の相聞の歌碑向き合へる丘に喃語のうぐひすのこゑ

堅香子の花には会へず帰り来ぬ四月の丘の堅き残雪

年々を庭に咲けどもうらさびし園芸品種の堅香子の黄《きい》

春耕の田に鷺一羽ときながく天に首伸べ瞑想の相

大仰な枝垂れ桜の揺れ様を見てゐてわれも婆娑羅髪なる

春雨ぢや濡れて行かうと言ふなかれ煙霧《スモッグ》蔵せる水のつぶつぶ

蓮田

見晴るかす青田を風の渡りゆくさざれ光の水脈ひきながら

ずずずいと青田つづきて絶ゆるところよもつひらさか花咲く蓮田

しづかなる昼の蓮田のひそかごと一匹《いちひ》の蜂が花に呑まるる

さやさやと昔の風立つ青き田の上を自衛隊機轟音に過ぐ

ひさかたの入道雲のわすれ種《ぐさ》もこもこ咲ける白さるすべり

収穫のあらずともよし使ひ残しの里芋植ゑて葉を太らしむ

日盛りの陽は重からむ里芋の大き葉のふち少ししなだる

〈ただ一人の束縛を待つ〉と詠みし歌人　一樹を締めて凌霄《のうぜん》の朱

打ち水に蟻の数匹の乱れたりほどなく整ふ長き隊列

ねぢばな

捩花の錐揉みしつつ咲き上るこの世に小さき風穴開けて

世に少し退《すさ》りて過ごしゐるうちに庭のをちこち捩花の咲く

わが庭を処女地となしてほつほつと飛び火のやうに捩花の生ふ

ねぢれるといふこと殊更力要るならむふつうに伸びよ捩花

昼ふけのそよぐ青田にせつせつと合鴨数羽働きてをり

潤ふといふにあらざり梅雨の風まとはりつきて肌の汗ばむ

さやさやと風の奏づる麦の楽ときをり鳶の合ひの手も入る

こゑ

郵便局前の多羅葉《たらえふ》はがきの木葉裏に誰が思《も》ひ「すき」と記されて

新しき道と思ふまでさゆさゆとさみどり萌えて欅並木路

さくら散り初めしころよりゆゑもなく恋にあらざるこゑわづらひをす

若からぬわが背子なれど変声期ハスキーボイスにわれを呼ぶなり

一つ家に声変はり男《を》とこゑわづらひ女《め》と籠りゐて春を逝かしむ

サングラス帽子マスクに身を鎧ひ少し華やぐ風説が欲し

西洋の若きをみなのこゑ聞きて迦陵頻伽《かりようびんが》の声とぞ茂吉は

いづこにか蛙《かはづ》の歌垣、ゆふ空にいのちのこゑをはり上げてをり

屯して退かざる黒衣の鳥を除けてわれは道の端おどおど通る

いづこより何の便りや一枚の黒き羽あり戸口の前に

おほらかに愛語を天に放ちをりころ上げ下げて掛け合ふ鴉

ぬばたまの黒衣に一生《ひとよ》を過ごす鳥さびしくあらずや夕焼け小焼け

刈り終へて明るき麦田にぬばたまの黒衣の鳥の集ひゐるなり

八百八橋

天ざかる鄙より出で来て若夏の難波の人の波に揉まるる

小雨降る川沿ひの道あたらしきみどりの雫に肩濡れ歩む

降る雨のみどりを濡らす木の間より川の流れを上る船見ゆ

美術館めぐり来て窓に沼杉の濡れて鮮やけきみどり見てをり

美術館前にて写真撮られをりほの甘やかなわれのアリバイ

過去世より来世のあはひに架かりゐてこの世華やぐ八百八橋

みどり輝る楠の木の辺をもとほりて青年の香のごときに酔へり

煮ころがし

ことさらに愛は告げざり割れ鍋に綴ぢ蓋にして煮ころがしうまし

「あれ」「これ」と言葉貧しき会話して年の嵩にて補つてゐる

一つ家に共に棲み来し歳月が足らぬ会話の間合ひを詰む

めでたしと人の言ふなり後期高齢の夫にもわれにも親の在ること

親離れ子離れののち相逢《あひ》ふといふこと有りや巣づくるつばめ

記憶の小波

お互ひが判るだらうか心抑へ駅に待つなり五十六年を経て

常逢《お》うてゐたるごとくに「やあ」と手を上げて改札口を出《い》で来つ

時の間の逢ひの茶房にさやさやと寄せては返す記憶の小波《さなみ》

歳経《ふ》りて女男《めを》のあはひのあはあはと喉《のみど》に珈琲苦くはあらず

学窓を出てより今日のこの逢ひのあはひにそよろと風通ふなり

旅途次のしばしを逢ひて別れたり互《かたみ》に再会約すことなく

生《よ》の途次の袖すり合へる他生の縁　無事であれよと互に言ひて

振り向けば彼方ばうばう　紅葉《こうえふ》の映ゆる楓並木路歩む

晩秋の森

足裏に団栗ぱちりと潰れたり「熊に注意」の札立つ傍《かたへ》

どんぐりの転げて行方は天まかせ水辺の傾《なだ》れの大樹の小楢

ははそはの母郷をはなれし小楢の実　草生に白き根を出だしをり

森のみち「熊に注意」の札あれば声高らかに夫としやべりつ

ころころと熊除け鈴の音《ね》近付きてわれらの歩みを追ひ越してゆく

わが歩む前を子蜥蜴走り出で走りて隠る落葉の中へ

産み終へし蟷螂なるやゆるゆると末枯れの草と共に揺れをり

亜麻色の蟷螂縋る秋草の根は根の国へ続きてをらむ

うすずみの時雨過ぎたる土の上《へ》に光届けりきらめく落葉

※

「早朝と夜の外出ひかへませう」有線が伝ふ熊出没を

「お供へは持ち帰りませう」夜な夜なを墓地に出るらし眠れぬ熊が

空腹のまま冬眠に入りたるか熊出没の情報も絶ゆ

よき家族の中にてなほもさびしいと言ひし人思《も》ふ秋の夕暮れ

初冬

今年また小白鳥きたり湖《うみ》近き田の場所少し去年《こぞ》と違へて

小白鳥の田に群れゐるを遠くより眺めて今日の収穫とする

枯れしまま立ちゐる草の野にうすき陽の届きをり慰撫するやうに

白山の雪の秀《ほ》あかねに染まりゐて晴れたる一日の暮れゆかむとす

雪の田にほそき首伸べ立ちてゐるしづかなる白き鳥の神さぶ

運あれば鮭の遡上に遇へるといふ手取川の面《も》見てゐて冷え来

隔たりて見をれば鴫ら盤上の碁石のごときしづけさに浮く

切戻し喝を入るれば瓶に挿す疲れし薔薇が力出だせり

大志など持たねどわが道拓くべし一日《ひとひ》のはじめの雪掻きに出づ

文弥人形

あしひきの白山《はくさん》山間冬の祭り文弥浄瑠璃「木偶《でく》の舞ひ」見つ

浄瑠璃の分かり難きがいつしかに木偶の動きに誘はれゆく

浄瑠璃のゆるらにうねる旋律に伸び上がりたる木偶の脚あらぬ

隠《かく》り沼《ぬ》のごとき集落すつぽりと雪に抱かれてむかしの時間

背の丈の二倍を越ゆる雪の壁の狭間を歩めり雪降りやまず

その昔戸数百余り今十六、高齢者七割の集落の祭り

国重要無形民族文化財「木偶舞ひ」継ぎゆく雪の底ひに

遠き世の民話の姥のぬくもりを思はせ熱き汁馳走さる

食品売り場

消費期限賞味期限の目こぼしの無くて捨てらる食品あまた

われの身の〇〇期限は棚に上げ食品の期限を確かめてゐる

期限表記あらざる昔は己が勘頼りて期限を見極めてゐし

放射線量検出無しのラベル貼り利尻昆布が昆布《こぶ》売り場統ぶ

遺伝子の組み換への有無、放射線量など食品の肩書き多し

売り場には外国産海老のあふれゐて日本の海老の肩身の狭し

塩の道ゆく驢馬思ふ　うすべにのヒマラヤ塩が小瓶に光る

たまきはる命に欠かせぬ塩輸入依存度八・五割超すとぞ

触るること禁じて棚に並べある箱入り娘の桃の香を嗅ぐ

掌の上に載せたる桃のやはらかなうぶげが光るふと面映ゆし

纏向《まきむく》の出土の二千の桃の種この世に過去世の物語せよ

Ⅱ

東尋坊

虫害の松の伐られて筒抜けに冬の海見ゆさびしさの見ゆ

東尋坊の岩場へのみち並びゐる土産物店の閉ぢある多し

土産物商ふ家並みを吹き通る冬の潮風ひとの世の風

サスペンスドラマの舞台となる崖に人立ちてをり　翼もて翔べ

そそり立つ巌に水煙打ち上ぐる冬波　神の遊びのごとし

会者定離かさね重ねてかぎりなし巌打ち散りては生《あ》るる冬波

水面上二十五メートルに及ぶといふ巌に疲れし雲の憩へり

潟湖

大寒はたまさかの晴れこの一日《ひとひ》ひと冬分の陽を浴びに出づ

一周は６・４km木場潟湖、近年一周廻ることなし

起点より2・5㎞で折り返す未だ葉の無き木々の名当てつつ

中空に輝く白山望みつつ歩めりこころに白帆を上げて

雪国の寒の最中をやはらかき日差し賜る休符のやうに

木場潟湖みづ日本一清浄と言へば鴨たちフェフェと応ふる

午後の陽を背に受け歩めば影長く先立ちてゆくわれを率ゐて

湖《こ》のかなた天地《あめつち》統べてしろがねの響くがごとき白山連峰

水の辺の小道歩めば羽音にさわぎて翔てり葦の間より

枯れすすき降り積む雪を貫き出でて揺れをり他に動くものなし

それぞれの幹の太さに輪を成して雪の融けをり木は温からむ

天気図に雪のだるまを置きてゆく予報士の如意棒　花を咲かせよ

日の在り処

との曇る空の一隅うすべにに滲みて天つ日在り処を漏らす

梅林の木々の名札を見てめぐる紅白分かたぬ堅き蕾の

久々にひかりやはらな二月尽つぼみ一分の梅園めぐる

残り雪ほどろほどろに置く園の一隅明かるし万作の花

めぐりゆく冬木の園にちろちろと鄙の灯《ともし》のやうに万作

啓蟄に少し間のあり万作の蕊にまとはる小さき花虻

朝の陽の土にあまねしきんいろの福寿草の花三つ四つ二つ

春の嵐

スリムなる日本列島抱き込みて猛りやまざり春の嵐は

よもすがら猛りてをりし雨風や痕あらはにて行方は知れず

春嵐やり過ごしたる草草の低く生ひゐてあをみづみづし

ほの暗き洞持つ老樹の八方に伸ばせる枝に溢るるみどり

本日はお休みですと福寿草の花の閉ぢをり寒き曇りに

疑問符の形に牡丹の赤き葉の開き初めたり寒き風中

梅の花ひらき初めたる一枝をもの言はぬ瓶の口に挿したり

出《い》でくれば菜の花菜のはな黄《きい》の風わが塞ぎ虫も花野に紛る

雪吊りの未だ解かざるままなるを馬酔木の花のあふれ咲きたり

枯れて伏す紫蘭の下につくつくとうすべにの芽の角ぐみてをり

ゆわあんと雲のかたまりあるやうな夕べの丘に咲きゐるさくら

過ぎし世に戻りしやうななつかしささくら咲く丘夕映えてをり

桜咲く丘は天路へ続きゐむほそく伸びゐるうすべにの雲

子供獅子舞ひ

門門《かどかど》を訪ひてテケテケ子供獅子舞ふを祖霊も出で来て見ませ

獅子舞ひの先導をなす幼らが門に声上ぐ「花をください」

獅子頭かつと開けたる口中にむずと緊まれる少年の顔

獅子の脚赤きスニーカーあらはれてどんと地を蹴り舞ひ収めたり

お囃子の太鼓テケテケ笛ピヒョロ黄のてふてふがまぎれ舞ひ来ぬ

羚羊

いづこより出で来ていづべへ　舗装路の片隅とことこ羚羊歩む

水芭蕉見むと馳せたる山里の道に出会へり羚羊一頭

ぽかぽかの陽気に誘はれ出で来《きた》るわれと同士か羚羊汝も

五　六歩の距離に向き合ふ羚羊の澄みたる瞳に少したぢろぐ

見つめ合ひゐたるが羚羊なにごとも無きごとゆつくり歩みはじむる

昼闌けの石みち急がず荷も負はず歩める羚羊行者のごとし

羚羊を見送りをればみどりなす森へと道を逸れてゆきたり

羚羊に遇ひたる写真は撮らざれど眼《まなこ》に収めし一葉のあり

ねぐらには待つものありやうらうらと人の世に来て羚羊歩む

顔かたち着衣など告げて老い人を尋ぬる有線《いうせん》放送ありて日の暮る

出でゆきて行方わからぬ老い人や捜されてゐることの華やぎ

水芭蕉生ふるめぐりに電線を張りて猪《ゐのしし》お断りとぞ

おおあぶな、車の前をとことこと雉の横切る脇目もふらず

鰡待ちやぐら

しづかなる入り江に立てて観するなり昔の漁法の鯔《ぼら》待ちやぐら

水上に立てるやぐらに鯔待ちてひねもす動かぬ見張りの人形

水に立つ鯔待ちやぐらは始祖鳥の巣にかも似るや黒き鳥過ぐ

何ごとかあるや夕べの一木に群れゐる黒き鳥の静けさ

かきつばた

光琳の屛風図のやうにかきつばた咲きゐてひとつ黒蝶入り来

行く水を往かせて岸にかきつばた並み立ちてをり時をとどめて

曲水に群れ咲くかきつの紫や眼洗《まなこ》へりこころ濯げり

光りつつゆく浅野川をんな川　暗き淵などあらぬごとくに

風雪に添ひつつ育ちし曲り松「ひねくれ松」とガイドの言へり

吹く風に走る車に往く犬にそよぎやまざり路傍のつばな

しろがねのつばなそよぎてよせかへす夕映えのみち渚のごとし

このみちはいつかきた道さよさよと茅花に招かれゆけば絵の中

呼び合ひてゐるは葦切りぎよぎよつし潟湖のほとりの葦生姦し

時折を郭公のこゑのびやかに聞こえ来葦切り騒げる水辺

葦切りの汝が巣に托卵あるやなしや潟湖ひかりて胸ひろげゐる

煽られて花首を振る芍薬のその細き茎危ぶみてをり

朝の窓開けたる刹那むるむると木々の噴きたる若葉のにほひ

風の日の窓に見てをり小さき実を持つ桃の枝が手踊りをする

トマト

昨日植ゑしトマトの苗の元気よし今日の小雨をわれもよろこぶ

たつぷりと陽を溜め赤く熟したるわがミニトマトけさ初穫りす

よべの雨張りある肌を濡らしゐて水も滴るミニトマトよし

夏の陽の凝《こご》りて珠となりたる実しろき器に盛れば光源

お日様と交信するらしぷちぷちと声出すやうなつぶらなトマト

しきしまの日本《やまと》のトマトの祖《そ》の生地あかねさすアンデス高原といふ

ミニトマト口に含めば暗がりの身の内ほつこり陽だまりとなる

大きトマト冷たき水に浮かびゐて少女のわれの夏休みありき

ゆきあひの空

おそ夏の空に絹雲積雲の相《あひ》ありて淡く虹かかりをり

ゆく夏の渚にはしやぐ若きらの上に虹あり誰も気づかぬ

寄せ返す波に捲かれて砂となる途次のはかなき桜貝拾ふ

実らぬと思ひながらも残し置く季《とき》過ぎて咲くトマトの黄花

乾きたる土につくつく暗き穴残して今年の蟬の帰らず

気を付けて草野歩まむ爪ほどのみどりの蛙ぴこぴこ跳べり

何の木かいづれも葛に覆はれておどろおどろの山沿ひの道

いにしへの安宅の関はあのあたり指さす海の上《へ》自衛隊機の過ぐ

浸食に年々狭くなる安宅《あたか》浜この国小さくなりゆく不安

海の果て空に続けりたまもなす地の星泛かびて在るはいつまで

水平線真一文字に描きその上が空とぞ空色塗り始めたり

西空の少し明るみ雨足の遠のきゆくを交差路に見つ

草叢のかすかにゆれて足もたぬものがすーと地を泳ぎ過ぐ

あしひきの山を足下にむつくりと入道雲の立ちて動かず

一寸の虫

夜の底ひ呼び合ひゐるは虫たちの愛《かな》しき歌垣恋せよちちろ

ふさぎ虫いづこに放たむ買ひ物の帰りをすこし遠回りして

思はずに打ちて殺めし〈一寸の虫の魂〉この夏幾つ

外灯の光の中に乱舞してゐしものの骸《から》けさ掃きて捨つ

団子虫あまたの脚の縺れずに逃げてゆくなり陽のうらがはへ

鳥になる大志抱くや街路樹に飛び来て止まるビニール袋

マヤ暦の世の終《つひ》の日も変はりなく過ぐれどこの星行方あやふし

Ⅲ

お羽黒蜻蛉

彼岸へとゆかむとする母とどめばや「朝です起きましよ」耳の洞《うつろ》に

おばあちゃんと呼ばせぬ母の死に近き耳に姪らが「あつこちゃん」と呼ぶ

ダンディーな父の御許へお洒落して母が逝きます永久《とは》に添ひませ

心得てゐたるが母なきさびしさにカサブランカのかをり漂ふ

ほほゑみてすまし顔なる母の写真の祭壇に映ゆ　父が撮りにき

日盛りのこの世に入り来てぬばたまのお羽黒蜻蛉石に止まれり

雷鳴りて横降りの雨ワイパーに払ひつつ駆く母の通夜に

ひさかたの天真爛漫なりし母の挿話《エピソード》いくつ餐の座明る

供華となす母の好みしカサブランカ熱暑の日々を枯れいそぐなり

黄葉

死ぬ大事遂げたる母を斎《いは》ふなり僧なる叔父の凛たる読経

生《あ》れし家《や》に還り来し母の魂の遊ぶや御堂をよぎる風あり

長月はわが生まれ月親無くて歳時過ぎつつしき鳴くちちろ

長月尽降りみ降らずみ七七日《なななぬか》母の骨壺墓に納めぬ

古りし身を明るませくるる光源となりて桂の木立の黄葉

楽曲の終章に入る華やぎに黄金の桂葉ちりちるちれり

実をつけぬ並木の銀杏の黄葉の明るすぎたり虚しきまでに

集落の影

山裾に靄たちこめて遠き世のごとしあはあは集落の影

灰白《くわいはく》の靄の底ひにひつそりと人の世に遠き極月のむら

パノラマの白山連峰刻々と夕映えの位置移りゆくなり

助手席にゆるりとありて夕映えの白山連峰見つつ帰り来

一日の仕上げのやうに中空に白山連峰うすべにに輝る

ここは地の果てかも知れず冬の波フロントガラス越しに見てゐつ

昼暗し雪しづしづと降り積もりゆくを見をればしづこころなし

くらぐらと雪降る昼を伊予国のお日様色のみかん届きぬ

タイムトラベル

族《うから》らの未踏の道程《みちのり》ほつほつと日々を歩めり百四歳《ひやくよん》の義母《はは》

今のこと昔のことを綯ひ混ぜて義母はタイムトラベルをする

いま義母は留守ですタイムトラベル中外《と》の面《も》はたはた雪降りやまず

寂しがるたましひ宥むる術なくて義母の小さき肩抱きゐる

ゆきぐにの冬の暗さをくぐみ鳴くぐでつぽつぽーおまへも同士

どんよりと空の重たし百四歳の身のさびしさを思ひ遣れども

北陸の冬空どろんと垂れてをりこころも体も重くなり来る

スノータイヤ未着の霜月峠路の吹き降る雪に立ち往生す

籠りゐて護符のごとくに唱ふなり「冬来りなば春遠からず」

かるかやのすすき穂の野も冬に入り白くかがやく六花《りくくわ》の花野

春の序奏

雷鳴の止みたるのちの闇深しこのしづけさに雪積もりゐむ

等圧線混み合ふ真夜か轟きて渡りゐるらし銀河鉄道

どつすんと雪雷神の踏む四股に夜半の大気がびりりと震ふ

豆まきは映像にて足る身の内の鬼も老いたりわれらが夫婦

凍る外《と》へ追はずともよしいささかのワインに眠らす裡なる鬼を

立春を過ぎて吹雪けり白々と六花のはなびら窓に咲かせて

梅見月《むめみづき》・二月・如月　春立ちてまたも吹雪けりこの世の隈《くま》に

触るる風こそばゆくあらむトルソーとなりゐし木々の芽動きはじむる

冬枯れの庭に下りきて須臾翔ちし鵯《ひよ》の残せる木末《こぬれ》のゆらぎ

訪ひ来しはひよどり二羽のみ雪の面《も》の照り翳りして一日《ひとひ》暮れたり

細月の面《おもて》を黒雲のびちぢみしつつ明日へと流れゆくなり

木瓜なばな花のいきれにうるみゐるウインドーあり雪降るまちに

解け初めし雪の底ひにあをあをとあざみのロゼット棘もちてをり

ほそほそと降りゐる雨にもゆれやすくまだ花持たぬ雪柳の梢《うれ》

浅春

福引の五等に当てし花の種子春のやはらな土に蒔くべし

瓶に挿すただ一茎の水仙が冬の机上の一灯となる

かんばせの背《そむ》きそむきに咲く水仙束ねて挿せば香に重さあり

餌を置く時間のすこし遅るれば鵯《ひよ》が呼び立つ寒き庭より

河川敷に捨てて凍《い》てたる雪の山ブルが崩しをり弥生の半ば

式典の祝辞聴きつつ硝子窓のむかうに飛びゆく鳥を見てをり

冬の田の区画それぞれ持ち場とし白妙の鳥ぬばたまの鳥

福寿草の花の素直さ天つ日のひかりに開き翳なせば閉づ

ささら波立ちてやさしゑゆふぐれのみづの面《おもて》を打つ春の雨

どこにでも神様おはすと祖《おや》のこゑ聞こえしやうな　蠟梅にほふ

雪割草

あしひきの深山に群れ咲く花を見むあこがれはてて車を馳する

岨《そば》のみち歩歩にいのちを懸くるなりめぐりの景に目を止めるなく

枯れ草の斜面にほろほろ雛あられ撒きたるやうに雪割草が

たどり来て雪割草の咲くまほら　両手広げて領主の心地

吹き上げて来る海風の心地よし汗ばむほどにのぼり来《きた》りて

「山笑ふ」季《き》に先駆けて奥山の冬木々の間に笑む雪割草

地に低く生ひて可憐なかんばせの雪割草の花言葉「忍耐」

ひそひそと低く咲きゐる雪割草蝶や蜂など出で来ぬ季《とき》を

再びを訪ふことありや一面の雪割草を眼《まなこ》に納む

水鳥の翔ちてゆきたる湖《うみ》の面《おも》ひかりうらうらゆれゐるばかり

ぬめらなる水面にぱしやと音のして刃のごと光り跳ねしものあり

水の辺を歩みてをれば枯れ葦の陰よりふいに鴨の飛び翔つ

花咲ける桃の枝に来《きた》る雀二羽続けて三羽　打ち揃ひ翔つ

春の魚

旬の物食めばいのちの延びるとぞ銀に透きゐるさよりいただく

身の裡のくらがりほうと明るめり春の海《み》の香のさよりを食めば

さいさいと小波《さなみ》のひかりに研がれゐしさより料理《れう》ればあからひく腸《わた》

銀の魚食みて眠れば春のみづ寄せては返す夢の渚に

※

捌きたる魚の腸《わた》より小さき魚が姿のままにあらはれ出で来

魚割《さ》きて腸抜き出だし水流す手にしんねりと血潮のにほふ

ピチピチと跳ねつつ魚が喋り出すコマーシャルなれば怖くはあらず

巨大なる大王烏賊が春の海《み》の底よりのたり現れしとぞ

パラグライダー

きらめける風を渡して川土手の浜大根の花のさざなみ

これの世の浄土ならずや岸の辺は浜大根の白き雲つ井

四つ五つパラグライダーの浮かびをり波なき天のあをきまほらに

あづさゆみ春の渡りの鳳や天の高みをゆくパラグライダー

ひさかたの光はじくる大空へパラグライダー吸はれゆきたり

切りて来し花蘇芳よりそろうりと光伝ひてみどりの蜘蛛垂る

支ふるに難き細茎切り捨てて皿に浮かべつ牡丹《ぼうたん》の朱

届きたる函より葡萄《えび》色胡蝶蘭ぱつと舞ひたつやうに現る

古都

かぜの音《と》の遠き過去より出《い》でて来て鹿子《かこ》ら遊べり五月の苑に

かぜかよふ苑に現し身なまなまとにほひて鹿子ら小さき尾を振る

並木路の楠の若葉のぬれぬれと輝《て》りをり天つ光降りゐて

あをによし奈良の大路を鹿の列渡り終はりて車のい行く

古の都の大路を街宣車お練りなしゆく大音響に

たまきはる己がたましひ牲《にへ》にして仏師は阿修羅像を成ししや

三面の顔にてこの世を見続くる阿修羅にわれは刹那まみゆる

天平の世より静かに立ちいます三面六臂の阿修羅畏《かしこ》し

Ⅳ

ハイウエー

ハイウエーの吸音壁の蔦の葉のぴらぴら輝りをり音を浴みつつ
吸音の壁の蔦の葉ゆれやまず楽しきさまにあらがふさまに

炎天の道路工事場にヘルメットつけて旗振る美男の人形

黒ずめる緑の木々のあひあひに息継ぐごとく合歓のうす紅

小一時間ハイウエー馳せてゲート出づ　長く短き一生のごとし

此岸彼岸渡せる長きながき橋　車に過ぐる二十五秒に

蛾のむくろ枯れ葉のごとく落ちてをり磨き上げたる館の廊に

死の後も飛ぶや塩辛蜻蛉《しほから》石の上《へ》に開きしままの翅吹かれをり

音あらぬ真昼の茂みの葉の上に蟷螂一匹斧上げてゐる

あけぼの杉と鴉

道の上に騒げる鴉のそばを過ぐ引け目あらねど肩身狭めて

緑陰のフロントガラスにすこやかな鳥の落とし白き斑紋

瀬を歩みゐし黒き影翔ちゆきて岸辺に置きあるざりがにの爪

みどりなすあけぼの杉の高どころ黒羽の鳥の出で入るところ

碧瑠璃の空さよさよと撫ぜてをりあけぼの杉の柔きてのひら

鳥の家匿ひてゐむしなやかに風やり過ごし動かぬ大樹

なにもなき空へ一羽の黒き鳥放ちてあけぼの杉の暗緑

朱夏

消毒も摘果もせざれば桃の実の大方落ちぬ淘汰さるるや

摘みきたる茗荷子の泥さふさふと洗へばふくらなうすべにの肌

時季すこし遅れて植ゑたる胡瓜苗律儀に実を生す盆の頃より

愛告ぐる言葉はいらず幹にゐし鳴かざる蟬が不意に発ちたり

啼かざりし蟬発ちゆきて百日紅の滑《なめ》ら木肌に夕光《かげ》及ぶ

落ちし蟬のめぐりのにぎはひ蟻たちが砂を集めて塚つくりゐる

戻り来ぬものを待ちゐむ乾きたる地に蟬穴は闇を蔵して

つるばらに縋りつつ上れる朝顔の共にゆれゐて開くむらさき

冠水の溜まりに掬ひ来し小さきどぢやう一匹水鉢に飼ふ

豪雨にて溢れし門川一夜経てあつけらかんと水浅く澄む

彼の日より六十八年　炎日《えんじつ》をしらしら散華の白さるすべり

梅雨明けの分からぬままに八月朔朝の陽のなか蟬の声たつ

大切な忘れ物してゐるやうな　音の失せゐて青葉闇濃し

能登散策

馳せてゆく能登海浜道の目路占めてアメリカ背高泡立草の黄

船乗りと遊女由来の腰巻地蔵見むと辿り来《く》草深き径

土盛りて野の石一つ置くのみの古き墓あまた海辺の丘に

沼空と春洋《はるみ》の新たな墓並ぶめぐりに記名なき小さき古墓

沼空の墓の裏手は葛の藪　踏みしだかれし跡のあらざり

起伏なす細道を来て切り涯《ぎし》に仰ぐ最古の木造灯台

虫の付く齢でなしと絡《まと》ふ蚊を払へば生ある証と言はる

咲き盛る仙人草に被はれて道辺に白々あやしき樹木

毒のある仙人草を被《かづ》く樹よ虫付かざるも寂しからずや

秋の苑

花びらの汚るるゆゑと雄《を》の蕊の外されてゐる真白なる百合

高々と紫苑むれ咲く秋の苑うすむらさきの風を渡せり

抜きん出て紫苑は頭花をかかげをり時折かぜに花鬘《かつら》揺る

美しき名の紫苑にてまたの名は鬼の醜草《しこくさ》　庭草を統ぶ

過去世より訪ひ来しやうに青澄める灯心《とうすみ》蜻蛉の草丈に飛ぶ

夕ひかり纏ふ石蕗《つは》より黄金《きん》の珠さげて一匹の蜂の飛び翔つ

夏草の刈られてほどなき土手の斜面《なぞへ》けさ忽然と曼珠沙華の紅《こう》

無縁墓寄り合ふ草生《ふ》に茎立ちて朱の曼珠沙華天蓋のごとし

彼岸花咲きゐる墓地にゆき合ひて交はす言葉の誰もやはらか

幾たびも植ゑては枯らしし山野草また欲しといふ草市に来て

何の草

植ゑしおぼえなきに生えたる五・六本伸びて肩の丈なんの草やろ

炎天にみづみづとして伸びゆける無名の草が蕾孕めり

雑草と思へど高き茎の秀《ほ》の密なる蕾、咲くまで待たう

気にかかる一つとなりて野の草の図鑑に当たれどいまだ分からず

ゲリラ雨に倒れたりしが秀先より立ち上がり来ぬ蕾かかげて

蕾かと思ひゐたるがつと解《ほど》け穂綿とびたつ光にのりて

生《お》ふる地の有無を言はざる草の生《せい》神にあらざるものの手に抜く

この星の隅に生《あ》れたる一茎の草とわたしと出会ひし記録

押し花にしたるを持ちて問ひたれば調べ呉れたり「ダンドボロギク」

（富山県中央植物園）

丈高き草にしありてあはれなる名かな襤褸菊ダンドボロギク

夏庭にゆゑなく生ひし大き草わたしの詩歌の種子となり呉る

落陽

彼岸花天蓋花のあかあかと咲きゐる河岸に夕つ陽及ぶ

これの世の左岸右岸に天蓋の花の咲きゐて橋架かりをり

わが影の伸びて水面《みなも》に揺れゐるを此岸に見てをり夕陽を背《せな》に

入りつ日の低き陽射しに明るめる岸辺の尾花　われも急がな

雨蛙小さき体《たい》に大きこゑ人も然《さ》あらば恋秘め得ずや

けけけけと雨蛙啼きてとのぐもる天を呼びをり何か落ちくる

天降《あも》りくる水甘からむ啼きゐたる蛙のこゑのひたと止みたり

この星の転軸あやしほとほとと寒露を過ぎて咲きたるさくら

電線に百羽の椋鳥止まりゐて日暮るる速度をせきたててゐる

烈風に煽られてゐる枝の下に陶の蛙が静座してをり

水の辺に静止のままの青鷺の冠羽ふはふは吹かれてゐたり

毒茸

サフランのうすむらさきの花咲きぬ霜降《さうかう》の朝の陽だまりほどに

晩秋の陽の中そろりと枝を歩む枯れ草色の蟷螂一匹

幾代の蟷螂ならむ枝に卵莢《らんけふ》託してしづかに去《い》にてゆきたり

来る年も蟷螂わさわさ生《あ》れて来よわが庭常《とこ》に母郷なるべし

口福にならねど眼《まなこ》のよろこべり紅　白　栗色庭に生《お》ふ茸《たけ》

雨二日続きて美しき毒茸の溶け初む何の使命に生ひて

柚子の実のうこんの色につやめきてしぐれの庭のほつこりとせり

くれなゐの極まることなく早々と散つてしまひぬことしの紅葉

夕光《ゆふかげ》に黄葉かがやく大銀杏　有終の美などわが身に遠し

クレーンを見上げてをればふと心吊り上げらるる　ヤッホー雲よ

※

渓流に沿ひて起伏の多き道歩めり足に感謝をしつつ

谷川の流れの音を伴奏に紅葉色づく遊歩道あゆむ

これの世の橋の往還自在にて渓流覗きて歩を返したり

ゆきもよひ

降りながら巻き上がる雪ガラス窓《ど》のむかうに見つつ暮るる立春

立春を雪降りてをり立つはずの卵よ立ちて抒情するべし

天からの手紙といふゆきしらしらと降り止まざれば執念《しふね》きこころ

眠れざる天つ神在《ま》すや羽枕弾けしさまにゆきふるふれり

めんめんと草書の文字を連ねくるゆきはいづくの誰が恋文

部活終へ夕べの道に先輩の歌ひ呉れにき〈ゆきのふるまちを～〉

雪しまくこの世ばうばう見えがたし風の音《と》の遠き思ひ出さらに

現代日本文學全集

現代日本文學全集五十巻譲り受けたり一巻失せをり

筑摩書房昭和二十九年刊文學全集各一巻の三五〇圓

父の蔵本ひそかに抜き出し寝床にて読み耽りたり少女の頃を

各作家の全作品を収めたる本にて重し文字の小さし

全集の旧仮名遣ひ旧漢字それぞれ作家の体臭強し

幸田露伴、田山花袋や森鷗外　背文字ながむるだけにて足れり

今今の事にて日々の過ぐれども読み耽るといふ贅沢もする

V

冬の湖畔

いまだ葉を持たざる樹木ばかりにて湖畔明るしずずいーと広し

冬の芽の吐息か淡きべにいろに桜の梢のめぐりけぶらふ

冬晴れの湖畔はウォーキング通りにて人らも犬もわれを追ひ越す

背後より濡れくるやうに人の影重なり事無く過ぎてゆきたり

空の色うつせる傷なきみづうみの鴨の輪郭《シルエット》静物となる

平安に暮らす土竜の隧道のあるらしぼこぼこ盛り土の並む

はるばると渡り来て湖《うみ》に浮かびゐる水鳥いづれも旅嚢《りよなう》を持たず

湖《こ》のかなた雪に輝く白山を真つ向に見てわがゴールとす

隅田川

これやこの隅田川とぞうつし身をしばし泛かべつ遊船の上《へ》に
川のぼりしつつ見ゆるは右岸左岸の競ふがごときビルの林立

遊船に見てをり遍くベランダに布団干しあるビルの裏側

これの世の他生の縁《えにし》すれ違ふ船と互《かたみ》に手を振り合へり

遠く来て船に遊べる隅田川過去世の人も手を振りてゐむ

垂直に陽は降りながら時折を川面《かはも》をわたる遠つ世の風

翳なせる大いなる橋の腹側を見上げて通る遊覧船に

先客は何を書きしや卓上のメモ紙にわづかな筆圧の凹《くぼ》

ひよどり

しのこししことを思へど明日あらば明日と寝《い》ねたる夜半の雪雷

虚空よりつぶてのやうに現れて鵯《ひよ》の止まれり葉の無き枝に

冬の枝に刺し置くみかんにひよどりの番か来《きた》りこゑ先立てて

ひよどりのうちそろひ来れば冬の日の凝《こご》るむらぎもほぐれゆくなり

連れ立ちて来《きた》るひよどり高枝に一羽が見張り一羽餌を食む

争はずかはるがはる餌を食みてまた見張りして共に翔ちたり

はばたきて一羽の翔てば従ひて行く一羽あり雪降るなかを

境内の「根上りの松」幼くてその根寒くはなきや雪降る

年の瀬のまちに雪降り降り積もるたつきの音も色も包《くる》みて

歳末のペットショップに特売の仔犬が転《まろ》ぶ尾を振る駆くる

しづしづと降りゐる雪の夜の風呂に解《ほど》けて古りし女《をみな》の正身《むざね》

朱き数珠

受診待つ室の大きな掛け時計ぼおんと鳴れりあくびのやうに

入院はいやと言ひ張る義母《はは》よはは大腿骨《ほね》の折れたる記憶おぼろや

お呪《まじな》ひ「いたいのいたいの飛んで」行かざれば手術をするほかなくて

手術終へストレッチャーに戻り来てあちらに逝かせてもらへなんだと言ふ

思ひ出は時空を超えて現在形百五歳《ひゃくご》の義母《はは》のはなし鮮やか

おばあちゃんの頭《つむり》の中には不思議なるお話いつぱい　おやすみまたね

朱き数珠ブレスレットのやうに塡め心治まりゐるや黙せり

義母が昨日言ひし言の葉けふ反転からりからから巡りに散れり

天気模様

雪なれどけふは啓蟄もぞもぞと義母《はは》がベッドに身を起こさむとす

手術して二《ふ》た七日《なぬか》目をしなしなしやんと起き上りたる義母百五歳

順調にリハビリなして一歩また一歩を歩む手摺り両手に

あちらへのお迎へなかなか来ぬと言ふ義母へ春《はある》が来たよと応ふ

水中のやうな雨降り此は朝か夜かと問はる　いまななつどき

生きる力強き義母を讃へつつわれの命数いかばかりかや

幾たびも聞きたる話はじめてのやうに聞きゐつ雨ふりやまぬ

春彼岸すぎたる今朝のもどり寒　義母のこころの天気模様も

白藍色の空

老醜をさらしてゐると顔覆ふ両手の下より漏れくる嗚咽

臥す義母《はは》の高さに屈めば玻璃窓に白藍色《しらあゐいろ》の一枚の空

飴欲しといふ義母のため黒飴を買ひ来ぬ嚥下の気がかりなれど

おばあちゃんの丈に合はざるものばかりパジャマのズボン八センチ詰む

臥せながら胸に組みゐる小枝《さえ》ほどの指に止まれよ窓よぎる鳥

手術せしことの覚えのあらざらむ自が場所ここでないここぢやない

義母の頭《づ》の中の本線環状線けふは混線日照り雨降る

仏にはあらざるわれにベッドより義母が白き手合はせ呉れたり

わくら葉

入退院重ねて退院するたびに何で死ねんのやろとぞ言ふ

病む義母に関はり日暮れとなる頃に気づきぬ夫の誕生日けふ

外《と》の面《おも》は花見日和よ添ひをりて義母の裡なる火の粉に触るる

ことさらに花見に行かぬわれのため爛漫と咲く並木のさくら

わが知らぬ昔の事ども忘れてもいいこと縷々と喘ぎつつ言ふ

美しき紅葉ならず散り来るはかさかさ乾けるわくら葉ばかり

眠りゐしまなこをあけてそろそろとわれの動きを視線に追へり

けけけけと蛙鳴き出づけけけけとわれの応ふる意味のなけれど

しとしとと雨が言ふはずないけれど愚痴を零せるやうに降りゐる

夏草茂る

手術して右足癒ゆる頃ほひを此度は左足骨折をする

百六歳《ひゃくろく》になる矢先にて再びの骨折すれば義母《はは》もろともに嗚呼

けふ義母の百六歳の誕生日ベッドに臥しゐてものを言はざり

誕生日おめでたうとは誰も言へずじとじとと梅雨まだ明けず

入退院重ねゐる間に二度童《わらし》となりたり義母の母さんはわたし

眠りゐるままに開けゐる義母の口何か妖しき冥き洞穴

底知れぬ洞を出で入る化色《けしき》ものあるらしかすかな波なせる音

義母のみとり続くる日々に夫病めり庭の夏草わさわさ茂る

万羽の鶴

折紙の万羽の鶴は義母《はは》の作　柩に放ちぬ共に翔ちませ

一生《ひとよ》なるいのちずしりと重たきに百六歳の白骨かろし

百六歳の看取りを終へて夫の病ともども向き合ふ時間を得たり

義母の初七日済みて夫の入院すその間《あひ》にすーと立秋のあり

長き手術待ちゐる窓ゆ山の秀に入道雲の太りゆく見ゆ

病院に待つ人ありて蜜月のやうに通へり義母の喪中を

心疲れ眠られぬ夜をほうと声あげて深山の梟となる

夕茜空

山椒の朱実弾けて種子露《あら》は百六歳《ひゃくろく》の義母《はは》の七七日忌《なななぬか》も過ぐ

喜寿にして嫁の座退《ひ》けていかにせむ　今しばらくの夕茜空

手入れせぬ庭に緋の薔薇咲き出でて秋の蝶来たりけふの客人《まらうど》

秋津島大和の国も遥かなり赤とんぼには会はず秋闌《た》く

夕空は萱草の色　茜色　桔梗色へと彩《いろ》深みゆく

何鳥やたそがれどきを電線に並びて私語をしてゐるやうな

電線に点呼しながら遅れ来るものを待ちゐむ塒《とや》へ翔つ前

秋天の一日《ひとひ》を成就し茜いろ青いろ相溶け暮れてゆくなり

灯さざる廊に及べる月光に濡れゐて満ちくる潮のごとし

あとがき

本歌集『夕茜空』は前歌集『はたた神』に続き、平成二十三年初夏から平成二十六年晩秋までの「作風」他、誌・紙に発表した作品より四七八首を自選して、ほぼ制作順に編んだ第八歌集です。その三年余りの間に実家の母と婚家の義母を亡くしました。里の母の看取りは弟にまかせてしまい、母への歌は僅かしかありません。

平成二十六年の年明けに、百五歳の義母が大腿骨頸部骨折をして手術・リハビリ、数か月後にまた他方の足を同じく骨折。その間にも体の不調で入退院を重ねました。義母は高齢となっても家刀自の自負を持ち、毅然としていましたので、病で意のままに動けず、何ごとにも人の手を借りなければならなくなったことが、どんなにか悔しい思いだったか知れません。人に感謝をしながらも、理性では抑えきれない感情がときおり噴出して、その言動の激しい変化に翻弄されました。

話は飛びますが、人気アニメの鉄腕アトムの作者、手塚治虫は「アトムは未完成のロボットだ」と言います。それは善の心しか持たないからだと。なるほど、美のこころも醜のこころも持っているのが人間ということ、生きていることの証なのでしょう。日々折々の心の美醜に向き合ってあたふたしていてもいい。人も自分も共に持つ美醜を見守り受け入れていけばいいと思いました。

結婚して以来五十余年を共に暮らした義母とは、かりそめならぬ縁です。その義母を見送れば、はや秋の夕暮れ。どれだけの残年が私にあるのか分かりませんが、しばらくは美しい夕暮れの茜空を見ていたいと思う気持ちで集名にいたしました。

短歌や詩を書くことは表現すること。現を表す、いまそこにあるものを見て表すことと言います。この表現する術を持ったことで、気持ちのバランスが保てたのだと今ありがたく思います。各章の扉に娘のイラストレーター泉和美の画を使用しました。

上梓にあたりまして励ましてくださいます「作風」代表の金子貞雄様、そして只今療養中でいらっしゃいますが、身近に、長くご指導くださいました津川洋三先生に感謝いたします。また歌友の皆様、この本をお読みくださいます方々にお礼申し上げます。

最後になりましたが、出版にあたりお世話になりました現代短歌社社主の道具武志様、細かいお世話にあずかりました今泉洋子様に厚くお礼申し上げます。

高橋協子

平成二十七年一月

著者略歴

1937年　横浜市生まれ
1944〜1958年　修学時代を金沢市に住む。

歌誌「作風」同人、選歌・編集・運営委員。現代歌人協会会員。日本歌人クラブ会員。
石川県歌人協会常任幹事編集委員。金沢中日文化センター短歌講師。
詩誌「蒼」同人。石川詩人会会員。小松市文芸懇話会理事。
歌集『わが森の千夜一夜』『六花乱舞』『ゆるる』『童夢』『鬼川』『真弓坂』『はたた神』
歌書『大野誠夫の歌の水辺に』
詩集『根の国へ』『メビウスの森』『カサブランカ』詩・エッセイ集『夢見月』『がっぱ石』
第２回シーガル賞受賞（短歌ジャーナル誌「きちょう」1989年）
第８回「薔薇祭賞」受賞（作風結社賞。1992年）
第６回「日本海文学大賞」奨励賞受賞。（詩部門1995年）
第７回「日本海文学大賞」大賞受賞（詩部門1996年）
日本歌人クラブ北陸地域ブロック優良歌集賞受賞。（『ゆるる』2000年）

歌集 夕茜空　　作風叢書第146篇

平成27年３月１日　発行

著　者　高橋協子
〒923-0813 石川県小松市糸町4-11
発行人　道具武志
印　刷　㈱キャップス
発行所　**現代短歌社**

〒113-0033 東京都文京区本郷1-35-26
振替口座　00160-5-290969
電　話　03（5804）7100

定価2500円（本体2315円＋税）
ISBN978-4-86534-076-1 C0092 ¥2315E